君比閱讀廊

漫畫少女偵探 1

漫畫裏隱藏的秘密

君比 著

山邊出版社有限公司

目錄 content

序一

首先我十分感謝學校給予我一個難能可貴的機會，讓我跟她學習寫作，從而認識了她——知名作家君比老師，亦感謝君比老師給我機會，在她的作品中寫序，對一個平凡的小六生來說，我覺得很榮幸。

我什麼時候開始閱讀君比老師的書？應該要從我三年級時開始說起吧！那時候的我只愛閱讀童話故事書，看君比老師的書？簡直是天方夜譚。但是自從我的母親推薦了君比老師其中兩本書：《港孩心語》系列中的《喂呀，你明白我嗎？》及《爸媽，快來救我！》給我看後，我便開始迷上閱讀君比老師寫的書。在小五暑假時，更一口氣閱讀了整套《叛逆歲月》呢！

在閱讀這本書時，相信讀者會有不少疑問：為何小柔與漫畫書裏的藍天長得極相似？為何竹山勁太能在數十年前預料小柔的鄰居——郭深的爸爸會被殺害？竹山勁太當天一見到小柔便出現反常的舉動，背後隱藏了什麼原因呢？其實，這便是這個偵探故事的起因。當我閱讀這本書時，自己也曾想過：假如小柔繼續留在博物館裏，結局會是怎樣？假如當天小柔沒有遇見竹山勁太，小柔會否知道自己與漫畫書裏的藍天長得極為相似呢？大家又認為會怎樣呢？

最後，我再次感謝君比老師給我這個難得的機會，替她的作品寫序，這個榮幸，我將會畢生難忘。我亦希望這個新題材的小說，能令大家感到耳目一新。

保良局香港道教聯合會
圓玄小學六年級學生
羅玉兒

序二

當你發現有人和你長得一模一樣，你會怎麼做？故事中的十三歲少女小柔，居然發現自己和漫畫人物長得像雙胞胎一樣！她本來以為漫畫家是個怪人便沒有查明真相，揚長而去。可是漫畫家遇到了車禍，使她因沒有問清楚而後悔莫及。在生活中我們也許不會遇到如此離奇的事情，但我們是不是常常都忽略了想追求的真相呢？我們不是偵探，更不是小說的主角，所遇到的一切都不會有戲劇性的變化，所以我們更應該把握好每個機會，不要留下任何遺憾。

除此之外，小柔一開始是不肯接受漫畫的。可是當她看了，她卻發現原來漫畫也可以有強大的吸引力，甚至使她欲罷不能。我們平常是不是也很抗拒接受新事物呢？如果我們可以和小柔一樣，踏出我們熟悉的環境，也許也會有新的體會呢！

除了珍惜機會和嘗試接受新事物這兩個道理外，在這個故事中我還學會了要公正地處理事情。故事中的嫌疑犯是小柔的好朋友，在生活中如果我們最親的人犯錯了，我們又會怎樣呢？當然有時候他們可能是無辜的，但萬一他們真的有罪呢？我們該如何選擇？去包庇他們，還是大義滅親？我相信這對於每一個人都是個嚴峻的考驗。如果是我的話，我會二話不說的選擇大義滅親（儘管這會是一個非常艱難的決定），因為我認為如果我真的愛那個人的話，我會毫不猶豫地協助他重歸正途。

在這本書中，我學到了很多。我是個非常喜歡寓學習於娛樂的人，因此這本書對我來說是最好不過的了。如果你和我一樣對偵探故事和人性的抉擇感興趣的話，君比老師將帶你走進少女小柔的世界，當中除了一波三折的調查過程外，還有對良知的考驗。當你和小柔一起踏上尋找真相的旅途時，你又會做出怎樣的抉擇呢？

協恩中學中二乙班學生

陳欣陶

序三

感謝君比老師再一次給我這個小讀者寫序的機會！

老師的作品一向是校園和勵志的故事，這次卻是另一種題材：偵探小說。故事中，主角小柔和她的同學在老師的帶領下到文化博物館看日籍漫畫家竹山勁太的漫畫展，意外發現漫畫中的女主角藍天和自己的相貌相似度極高，到小柔想問清楚事情真相時，竹山勁太又不幸遇上一宗嚴重的交通意外，重傷昏迷……

我比較喜歡看校園、勵志題材的小說，較少看偵探小說，可是《漫畫少女偵探》的情節環環緊扣，令人不斷追看，讓我的「小說癮」發作呢！其實我在小三時曾有一段日子追看過偵探小說，「柯南」、「三色貓」……都一時成為過我的心頭好。不過隨着年齡的增長，見識的擴闊，加上四年級開始閱讀君比老師的《叛逆青春》，喜歡上類似題材的小說，而且升上中學後因為功課關係開始閱讀中國文學作品，連閱讀最愛的勵志小說的時間也減少了，所以令這段「偵探情」告一段落。

其實一本好的偵探小說，其吸引之處不單單是緊扣的情節、刺激不過的查案過程、意想不到的結局這些表面的因素那麼簡單，更重要的是看完後你能否從中學到更多，例如會否讓你的邏輯思維變得清晰、能否豐富你的想像力、看完了會否重新思考你最近所做的事……這些都是我認為一本說得上好的偵探小說至少要做到的。而這次君比老師所寫的偵探小說，我只看了一部分，已令我欲罷不能，重拾當日那份對偵探小說的熱愛，連我那小五的弟弟也不住追看！

《漫畫少女偵探》令我重拾小三時的「偵探情」，可想而知其內容的精彩。既然如此，我也不要耽誤大家的時間了，請各位展開在文字世界裏的第一件案件吧！

保良局百周年李兆忠紀念中學
中一學生
戴韶穎

序四

不知你們會否跟我有着同一問題：為何此書會叫「漫畫少女偵探」？漫畫與少女有着怎樣的關係？

書中的主角小柔與一漫畫的主角相貌相似得仿如孖生姊妹，遇到的事情也相似，這令我不自覺想：人生是否真的如戲？所有事是否會一直重複於人生的舞台上去上演？

偵探小說是我的摯愛，因為可以和偵探一起查案，透過蛛絲馬跡去破案。《漫畫少女偵探》系列正令我有如此體會，我會一邊看一邊想：結局會否與竹山勁太所撰寫的漫畫結局相同？這令我興趣大增，亦是吸引我繼續追看此書的原因。

要寫偵探小說並不難，但要寫一本吸引讀者的偵探小說卻很難。難不是在於沒有題材，而是在於怎樣製造驚喜，做到「意料之外」，而此書正正做到這點。

最後，希望大家都會享受《漫畫少女偵探》系列。希望大家最後能找到心裏疑問的答案，亦希望大家能細味此書，欣賞每一個文字。希望你也能成為偵探，與主角一同查案！

一　小柔和藍天

「小柔！你還不加快腳步？我們落後太多了！」因身處博物館的關係，王梓不敢呼叫，稍微提高聲量，向駐足在一幅油畫前的小柔再三催促道。

「莫老師和同學已不見影蹤了，待會兒莫老師點名，發現不見了我們三人，一定光火！」王梓索性往回拉着小柔臂膀跑。

小柔甩開他的手，蹙着眉，嘟着嘴兒，嗔道：「這麼難得來到文化博物館，當然是看我至愛的西洋畫！真不明白莫老師為何硬要帶我們全班來看那個什麼勁大的漫畫展?!漫畫有什麼值得看呢？」

「不是勁大，是勁太。」王梓更正道。「那是位日籍漫畫家——竹山勁太的作品展，莫老師說，他在七十年代是紅極一時的！」

「你也懂說，在七十年代紅極一時，現在呢？光輝已去，對我們這一代來說，他是寂寂無名囉。或許，莫老師當學生時曾迷上他的漫畫，現在她就強逼我們去看他的展覽！唉——做什麼功課，沒得揀，連看什麼展品，也是沒有選擇權，我們真是悲慘的一代！」小柔搖搖頭，慨歎道。

「當你手上有份四頁的『參觀博物館工作紙』的時候，你就該明白，今次這個並非有趣的課外活動。有功課附帶的活動，從來都不會有趣！」徐志清也走過來，揚一揚手上的工作紙，吐出一點苦水。

「哈！相比起來，我那間小學更是慘絕人寰！每年學校旅行、中秋晚會或是萬聖節派對這些該只是純玩的活動，校方都會派給我們一份工作紙，目的是要我們在玩樂中不忘學習，翌日如果欠交，要罰留堂的！你說，我的小學生涯是否比中學的更坎坷?!」王梓一臉慘情地道。

「喂！你們三人躲在這兒幹什麼？」3A班班長吳明的聲音突然在他們身後響起，硬邦邦的打斷了他們的對話。

「我們——只是走得比較慢而已！」志清代大家回道。

「那漫畫家已到來了，莫老師要我們在二十秒內齊集，一起聽那勁大先生親自導賞。」吳明一臉正經地道。

「哈哈哈——你們聽到嗎？我們品學兼優的班長吳明也跟我一樣，叫那漫畫家做勁大——勁大先生呀——哈哈——」小柔吃吃的笑起來。

「勁太呀！是竹山勁太先生呀！」王梓再一次更正。

「只是一點之差而已，他看來很和善可親，應該不會介意的！」吳明續道：「閒話少說了！快過來！現在看怕只剩下七八秒，快快快！」

吳明使勁把三人「驅趕」至莫老師跟前。

「下次外出參觀，為免你們再故意離羣墮後，我就請兩個班長以人盯人方式緊貼你們。」莫老師「黑着臉」跟他們三人道，然後一個轉身，以高速變臉，換上一個溫暖指數極高的笑容，跟大家道：「3A班終於人齊了。現在有請鼎鼎大名的漫畫家竹山勁太先生為我們作導賞！」

「多謝莫老師，多謝各位同學到來看我的漫畫手稿展覽……」

一把洪亮的聲音在人叢中響起。

這個年老漫畫家，六十五歲之齡，仍聲如洪鐘，果真厲害。

小柔聽着聽着，心裏有個問號。

這把聲音，好像似曾相識。我究竟在什麼地方聽過呢？

「我小時已愛塗鴉，十三歲開始繪畫漫畫，主題環繞學校發生的趣事。十八歲初次投稿到不同出版社，經歷過十二次挫敗，我終在第十三次得到一家小型出版社垂青……」

小柔飛快地在腦海裏搜索。這把響亮的聲音跟爺爺的「豆沙喉」截然不同，公公的聲音又極低沉，這竹山勁太的聲音，難道是她在夢中聽過？一重又一重的人，把她和竹山勁太隔開了。她完全看不到他的樣子。

「請讓開一點！」

她在人叢中左穿右插，終於給她擠到最前一排了。

她見到的，是竹山勁太的背面。

他有一頭這個年紀極少有的、年輕人才該有的濃密頭髮，雖然是白髮，但白得閃亮，非常有型。他穿着畢挺的湖水藍西裝，背脊沒有半點佝僂，正滔滔地跟同學介紹他的創作生涯。

「我出版的第一本漫畫，就是《少女偵探藍天》，當年非常轟動，很多……」

小柔一步一步的移到竹山勁太旁邊，清楚看到他的側面，那如雕像般清晰的輪廓，額上深刻的幾道皺紋，眼睛裏帶着滿滿的自信和豐富的人生閱歷。

小柔想由他的身旁再移到他的前方，卻一不小心，踢到身邊同學的腳。在她正要絆倒之際，一隻大而強健的手，迅速把她扶穩。

「謝謝你！」小柔很自然的向攙扶她的人道謝，但一抬頭，她才發現，攙扶她的不是別人，正是竹山勁太！

「不用客氣！」竹山勁太把她扶穩後，才注視她的臉。一看之下，他整個人僵住了。

「謝謝你！」小柔想把手抽出，對方卻似乎無意放手。

「藍天！」竹山勁太緊握着小柔的手，口裏呼喚的，竟是他漫畫系列女主角的名字！

「竹山先生，我不是藍天——我叫張小柔，是個學生。我想，你搞錯了！」小

!!
!?
不用客氣！
謝謝你！
!
竹山先生，我不是藍天。
我叫張小柔，是個學生。
藍天！

柔一臉尷尬的道。

「我沒搞錯！你是藍天！」竹山勁太堅持道。

「竹山先生！」莫老師也按捺不住，上前勸阻他：「她的確是我的學生張小柔。謝謝你攙扶她，你——可以放手了！」

「不！藍天曾經離開過我，今次我不會讓她走！」竹山勁太眼神和語氣同樣堅定。

「竹山先生，請你放開她！」王梓趨前，按着他的手，道。

「放開她！她叫張小柔，不是什麼藍天！你不要胡說八道！」志清也被觸動了神經，撲過去奮力把竹山勁太的手扳開。

小柔終於甩開他的糾纏了。她馬上退後幾步，揉着被捏痛了的手腕，扭着眉心，忿忿地道：「你是否戴錯了老花眼鏡？連真人和漫畫人物也分不清楚?!」

「不！我沒有看錯！是你在當下不知道罷了！我可以幫你，讓你多了解你的真正身分！」竹山勁太固執地道。

小柔不可置信的注視着他。「我是個普通的學生，跟你完全扯不上關係！我平日連漫畫也不會看的！今天是因為老師要我們全班出席這展覽，我才會來。我呀——並不是自願來的！若果可以選擇，我寧願去看隔壁那西洋畫展！」

「是緣份！是緣份把你帶回來我的身邊！」竹山勁太大力點了點頭，道。

「你簡直語無倫次！」小柔拋下這句話，轉身跟莫老師道：「莫老師，這個怪誕的漫畫家嚇怕了我，我沒法留下來看他的漫畫展了！你要扣我操行分的話，請隨便！」

一番話說畢，小柔頭也不回的便跑出展覽廳。

二　竹山勁太送贈的禮物

翌日早上……

「早晨呀！」

小柔方踏進課室，頓成焦點人物。

「張小柔，你跟那漫畫裏的藍天相貌竟是一模一樣，最明顯的是你左耳耳珠上那小小的心形胎記，藍天也有。你笑時左面頰上那半月型小酒窩，藍天也有！你左眼簾上那顆小痣，跟藍天那顆，位置和大小都相同。」

「實在不可思議！」有同學馬上站起來，兩眼瞪得銅鈴般大，以高八度的聲調道。

「的而且確相似！我們全班都很驚訝！」平日較寡言的女班長呂錦芬也忍不住代表全班道。

「是嗎？真的嗎？」小柔呆了半晌，才問。

「昨天你太早離開了！該留下來看一看那些漫畫，好向那竹山勁太查問，為何他可以在幾十年前開始畫你！」平日最多鬼主意的班會主席丁若琳，也湊熱鬧加了幾句。

上課鐘聲響起了，大家紛紛返回座位，等候莫老師的到來。

坐在小柔後面的志清，湊上前跟她道：「昨天你一直關了手機，我想找你也不行。你走了後，那竹山勁太也一聲不響地離開了。發生了這樣的事，基本上，我們全班都失了看展覽的興致，然而，莫老師說，既然我們已到來了，就看看展品，自行完成手上的工作紙吧。

「我們看了幾張漫畫手稿，全體同學都不約而同地認為，你和竹山勁太筆下的藍天，相似度是九成九！如果竹山勁太仍在場，我們一定會捉着他問個清楚！」

小柔縮在椅子裏，不發一言。

怎會有這樣戲劇化的事情發生在她身上？

這個竹山勁太究竟是個什麼人？他有能力預知我這個千禧孩子會長成什麼樣

子，並以我的樣貌繪畫成漫畫系列的主角？這——是否有點詭異？

小柔終於後悔昨天沒有留下來。至少看一眼那些漫畫才走也無妨！

莫老師進來了。

她如常的點名，處理班務，在班主任時間完結前半分鐘，她才把小柔召到課室門前，湊近她耳畔，像跟小伙伴說悄悄話的道：「你今天下課後，來教員室找我，我有東西要給你。」

「莫老師，你有什麼要給我？」小柔直覺這是與竹山勁太有關的。

「你到時便會知道。」莫老師只是淡淡地道。

「不是你有東西要給我，而是那個竹山勁太，是嗎？」小柔直截了當地問。

給她猜中了。莫老師索性道：「是。他今早致電我，說今天下午會請人把東西送來學校，指明是給你的。」

「是什麼？他要送些什麼給我？」小柔急問。

「本來，他問我要你的地址，我說不方便給他，他就說會找人送來學校……」

莫老師問非所答。

「我只想知道，他要送什麼給我——」

走廊傳來響亮得刺耳的下課鐘聲，把小柔的話霸道的蓋過了。

「他想送給你的，是任何一個漫畫迷都願意買入收藏的東西。」莫老師說畢，轉身返回教師桌，執拾東西準備離去。

「竹山勁太要把他的漫畫系列送給我嗎？」小柔站在莫老師身後，追問。

「你這樣聰明，不用我多說，都該知道了。」莫老師不望她，輕聲地道。

「他送漫畫系列給我，目的為何？」小柔又問。

「目的為何？當然是希望你會看啦！」莫老師以疑惑的眼光瞪視她道。

「純粹希望我當是消閒書地看？抑或有另一些目的呢？」

「他在電話裏沒有說。」

莫老師執拾好東西，向全班道：「各位同學，再見！」便匆匆離開課室。

＊ ＊ ＊

「準備好沒有呀，小柔？」王梓再一次問身邊的小柔。

站在教員室門外的小柔，深呼吸了幾下，問道：「我——和藍天的樣子，真的相似度很高？」

「是的。你待會兒便可以看到了！」志清道。

「好！」她長長吁了口氣，道：「我準備好了，替我開門吧！」

王梓推開了教員室的門，志清一個箭步衝進去，筆直走到莫老師座位前。

「嘩！這些——就是竹山勁太要送給小柔的東西？」志清拍拍莫老師桌面放置的兩棟疊得高高的漫

畫，看來是全新的。

莫老師拿了最頂的一本，揭去第一頁，指着那個用幼黑筆簽的、很有氣勢的簽名道：「是的！他還在每一本都簽了名，大部分書更是首版，絕對有收藏價值！」

「莫老師，這些漫畫你全都看過了？」王梓笑問她。

「我小時候曾借同學的來看過開頭三集，亦自行掏腰包買過三本，可惜，全都給我媽媽當廢物丟掉了。中午時，竹山先生請人送來全套共十九本，剛才我有一堂空堂，馬上看了兩本，以我這成年人角度去看，依然看得津津有味呢！」莫老師道：「不過，或許是事隔三十多年了，我不太記得女主角的容貌，現在重看，發覺她真的很像張小柔。我委實也有點吃驚。咦？你倆到來是替張小柔搬漫畫的吧？她呢？她在哪兒？」

「小柔？她不就在我倆後頭嗎？」

王梓和志清往後一看，沒有了小柔的蹤影。

「哎——那個小柔，還是沒有勇氣看看藍天和她究竟有多相似。」王梓歎道。

三　仿如孖生姊妹

「怎麼今天那樣早回家？」

小柔的爸爸張進望着牆上的掛鐘，問女兒道，「平日你不是有千百個課外活動要參加，有萬千個理由要遲歸家嗎？今天下午四時半便在家中出現，十年難得一見！」

「沒有特別事，就不如早點回家。」小柔把書包擱在飯桌邊，順勢在桌前坐下。「爸爸，你今天也沒有事做嗎？沒有工程要看嗎？」

「今天的工作已完成，我可以休息一下。」張進問道：「今晚想吃些什麼呢？我一會兒出去買餸。」

「隨便吧！爸爸你煮什麼，我都會吃。」小柔頓了一頓，又問：「爸爸，你以前可有看漫畫呢？」

「漫畫？當然有！」張進道。

「你有否看過竹山勁太的《少女偵探藍天》呢？」

張進緊蹙雙眉，仔細想了想，回道：「我好像有聽聞過，但，我沒有看，因為是少女型漫畫，我們男孩子看的話，會給人取笑的！你為什麼突然問我？你對漫畫好像從來都不感興趣的。」

「我只是問問而已，沒有什麼特別的意思。」小柔道。

「沒有特別意思的事情，你是絕對不會問的。你是我女兒，我怎會不知道？」張進抿嘴一笑，道：「快告訴我，到底是什麼事？」

「真的沒事兒，你不要多心！」小柔垂下頭，道。

「張小柔，」張進輕捏她的下巴，把她的臉蛋抬起，道：「我以前做哪一行的，你忘了嗎？你以為你藏在心底的事可以瞞得住我嗎？」

「其實……我……」

就在這個時候，門鈴響起來。

「你約了人嗎？」張進問。

「沒有。」小柔搖搖頭。

「這個時間，郵差不會來，也沒有人速遞郵件給我。」張進喃喃地道。

「小柔，是我們呀！開門啦！」

是王梓和志清呢。

張進轉頭望向小柔，向她拋了一個疑惑的眼神。

「是我的同學呢！」小柔一臉尷尬的回道。

「男的同學？怎會找上門來？在學校見了八個小時仍然不夠？」張進面露不悅，走到大門前，隔着門問他們道：「你們有什麼重要事一定要見小柔？」

「我們受班主任所託，給她帶來一些東西。你是世伯嗎？麻煩你開開門。」王梓有禮地作出請求。

「你班主任她要你們送什麼來？」張進像個審慎的警衞。

「莫老師要我們送竹山勁太的漫畫到來。」

張進猝然轉身，拉着小柔即問：「就是你之前提及的漫畫家，那竹山勁太？為何老師要送他的漫畫來給你？你和他有什麼關係？」

「我跟那竹山勁太當然不會有什麼關係！」小柔急道，「爸爸你不要胡思亂想！」

「世伯，我們知道你以前曾在偵探社工作過，所以，我們絕對絕對不敢騙你！」志清隔着門道。

「我以前曾在偵探社工作過，你就不敢騙我，但其他人，你就敢去騙，是嗎？」張進促狹地玩他們。

「不不不！我們當然不敢偷呃拐騙！世伯，我們曾多次聽小柔提起你，已對你非常仰慕，今天有幸可以見到你本人，實在——」

閘門「擦」的開了。

「廢話少說了。進來吧！」張進開了大閘，以一張黑臉把他倆「迎」進屋裏。

「謝謝世伯！」他倆戰戰兢兢的走了進去。

「我不想要的東西，你們還是要送來給我。」小柔盯着他們手上的兩個大型環保袋，嘟着嘴道。

「明明是你要求我們陪伴你去取的漫畫，結果你竟靜靜地跑掉！你怎可以這樣？結果，莫老師要我們幫你幫到底，把十九本漫畫送來你家。」志清一見小柔，馬上道。

「你們不是該先向我自我介紹一下嗎？」張進道。

「對不起，世伯！」王梓馬上向張進九十度鞠躬，道：「我是小柔的同學——王梓！」

「王子？怎麼會起個這樣的名字？是花名抑或真名？」

「我姓王名梓，梓字是『木』『辛』的梓。」王梓說明道。

「世伯，我叫徐志清。」

「徐志清？你爸爸是徐志摩的粉絲嗎？」張進問道。

「誰是徐志摩？」志清抓抓頭，反問。

「算了算了！」張進歎了口氣，舉起手，示意這話題告終。他上前把兩個環保袋打開，看見兩大疊漫畫，便隨手拿了一本來翻看。

三人屏息靜氣的看着他翻了一頁又一頁，見證着他冷冷酷酷的表情驟然一變。

「為什麼……為什麼這個人畫的女主角……那麼似小柔？怎會這樣的？」張進

連聲也變了。「沒可能啊！這女主角藍天有的特徵——心型耳珠胎記、半月型酒窩和眼簾上的小痣，以及五官、輪廓，竟好像跟小柔是孖生姊妹似的！但，這本漫畫是……一九七三年出版的……」

作了幾下深呼吸，小柔終於鼓足勇氣，上前拿起一本漫畫，只看了一眼，她便雙腿一軟，不得不坐下來。

「太似了！似得真可怕！」小柔以雙手捂着嘴，手中的漫畫「啪」的掉到地上去。

「小柔，若果要知道竹山勁太為何會在數十年前便把你畫了出來，最好就是——向他本人查詢。」志清把地上的漫畫拾起，放到她膝上，再補上一句：「如果你夠勇氣的話。」

四　不祥的預兆

夜闌人靜，小柔在牀上乾瞪着眼，越躺越是無睡意，遂索性從牀上坐起來，走出睡房，到雜物房把兩袋給爸爸藏起的漫畫取出，就躺在客廳的沙發，開始看起來。

向竹山勁太查問之前，還是先看一看這漫畫系列吧。

《少女偵探藍天》第一集，是講述少女偵探藍天的鄰居江口太太被謀殺，而最大嫌疑的竟然是她的女兒貞子！

藍天是唯一相信她是無辜的，亦是唯一願意替她查明真相，找出真兇的人。

從不看漫畫的小柔，竟然極速看完了第一集。

原來，漫畫不盡是無聊的，當中竟有些像小說一樣好看、吸引。竹山勁太令小柔對漫畫完全改觀了。

看了一本，還想追看第二本，但想到明天仍要上課，小柔只好強逼自己上牀休息。

天剛亮，牀頭的鬧鐘仍未響，她便被一陣嘈雜的人聲吵醒了。

她爬起牀，循聲搜索，發現人聲來自屋外。在她正想外出看個究竟的時候，卻見張進從外回來。

「爸爸，外面發生了事嗎？」小柔好奇問道。

「沒有什麼事，有人投訴噪音罷了。你回到牀上多躺一會兒吧！我去預備早餐，待會兒和你一起吃。」張進語氣平淡地回道，「你想吃炒蛋抑或火腿三文治？」

「隨便啦，謝謝！」

吃過早餐後，張進問：「不如，我今天送你上學，好嗎？」

「爸爸你剛才說什麼呀？送我上學？」小柔詫異的問。

「送女兒上學，有什麼出奇？」他微笑問道。

「自我升上高小之後，你便說要我學獨立，以後要自行上學。那時，媽媽仍

在，媽媽堅持要陪同我上學，你們還為此吵了起來呢！」

「我忽然想送女兒上學，這有什麼問題呢？」張進站起來，拿起車匙和錢包，道：「起行了！」

既然爸爸今天突然要「親子」，那麼我就奉陪，跟他説些心底話。

「爸爸，昨晚我睡不着，起來看了那漫畫系列的第一集。」小柔坐在車子裏，看着窗外昏昏沉沉的天説道。「原來，漫畫都可以有豐富的情節，我竟然覺得很好看。」

「是否因為你和女主角樣貌相似，你很容易代入角色？」張進是昨晚把書藏起來的人，聽到女兒説已看了第一集，竟能處之泰然，似乎早已預料女兒會有此舉動。

「或者，這也有點關係。不過，爸爸，我已經決定了，我要見竹山勁太，親自問清楚他，當初如何設計女主角藍天的造型。」小柔看着遠處的那片天，第一線陽光終於破雲而出。

「你有方法聯絡到他嗎？」張進又問。

「他曾致電學校，莫老師該有他的聯絡電話，我會問問她。我相信竹山勁太也很想見我。」

「我可以送你去，陪伴你一起見他。」張進道。

「爸爸，我自己去可以了。」小柔轉過頭去，凝視他道。「看了漫畫第一集，我直覺認為，竹山勁太是個好人。爸爸，你可以放心讓我自己去見他。」

「阿女，人心莫測。你只有十三歲，接觸的人、見的世面有多少呢？他始終是陌生的男性，我身為爸爸，有責任陪同你去的！」張進堅持。「就這樣決定吧！」

* * *

「怎樣了？莫老師怎樣說？」志清急問道。

「莫老師親自出馬，當然成功約見到！」小柔從教員室走出來，開心的擺了個勝利的手勢。「她說，竹山勁太請我明天下課後上他在華輝山莊的家！」

「你昨天當着他面前說他語無倫次，又說他是個怪誕的漫畫家，但他依然願意接見你?!」志清不可置信地道。

「我也很想陪你一起去，聽聽竹山勁太有何解說。」王梓試着問：「我可以去嗎？」

「我也想去！多一個人陪伴，可以吧？」志清也道。

「喂喂喂——」小柔連聲喂嚷，並翻了他一個白眼，道：「你以為竹山勁太請我去開派對嗎？我怎可以帶這麼多人去？有我爸爸陪伴我已足夠啦！」小柔回道。

「小柔，你猜竹山勁太會跟你說些什麼？」不能一道去，志清只有想像的份兒。

「明天，我便可以知道了。」她抿嘴笑道。

可惜，事情並不如她想像般順利呢！

下課後，在她乘巴士回家途中，王梓突然來電。

「我剛剛在小巴上聽到特別新聞報道，你聽到沒有？」他聲音顫抖地問。

「巴士上怎會有特別新聞報道呢？到底是什麼新聞？」小柔平靜地問道，但心底隱隱有點不祥的預兆。

「你鎮定一點聽我說，那新聞是關於竹山勁太的。」王梓叫人鎮定，自己卻明顯地不能平靜。「中午時分，威利士街發生了一宗嚴重交通意外，三車連環相撞，，死七傷。被夾在中間的一部私家車，司機當場死亡，而在後座的乘客，則重傷昏迷，現依然在搶救中。

「這個乘客不是別人，正是竹山勁太！」

五 平生第一次後悔

從來不為任何事情感後悔的小柔，這個下午，平生第一次感到後悔。

當天在展覽廳，如果我可以留下來，靜心細聽竹山勁太的一番話，跟隨他的導賞去看每一張漫畫草稿，我心裏的疑問，便全都得以解答了。

我卻選擇離開。

現在的竹山勁太，躺在醫院的手術牀上，生死未卜。

我的疑問，還有人可以解答嗎？

神不守舍的她，一下車便接獲爸爸的來電。

「你在哪兒呀？回到家沒有？」他問。

奇怪，爸爸甚少會來電追問她的「去向」。

「剛下車罷了。有事找我嗎？」

「你就在巴士站對面的便利店門前等我吧！」

是因為爸爸也聽到竹山勁太的新聞，怕我一時接受不了？

一切都在小柔意料之外。

等候了十多分鐘，爸爸才趕至。

「阿女，你聽到今天的特別新聞報道

了吧？」他還未站定，已開口問道。

「雖沒有親耳聽到，但同學已告訴了我。」小柔回道。

「世上很多事情都是在我們預計之外的，很突然，難以接受，是嗎？」他又問。

「接受不了，也要接受。剛才回想起自己那天拂袖而去，感到很後悔，但，後悔也來不及了。」小柔幽幽地道。

「拂袖而去？在誰面前呀？」張進愕然，問道。

「當然是在竹山勁太面前啦！」小柔不禁問道：「爸爸，我們是否在說同一宗新聞呀？剛才在巴士上，王梓來電告訴我，竹山勁太中午遇上交通意外，現正在醫院急救。我和他原訂在明天下午的會面要告吹了。」

「我說的可不是這宗新聞。」張進面色一沉。

「今天的突發新聞不止一宗？也都是與我們有關的？」小柔驚問。

「我說的那宗新聞，主角是我和你都認識的。」他的引子，令小柔渾身震了一震。

「究竟是誰呀，爸爸？」小柔拉着爸爸的手猛搖，誓要搖出個答案。

「是我們的鄰居郭深，和他的爸爸郭大合。」張進回道。

十七歲的郭深是小柔的鄰居，今年剛考進大學。他讀高中時，曾替小柔補習，她跟他頗為熟稔，甚有書卷味、溫文爾雅的郭深，曾是十歲小柔的暗戀對象。

「爸爸，是郭深出事了？」小柔一手掩着嘴，滿眼恐懼。

「出事的是郭大合，他——給發現伏屍家中。」張進道。

「那麼——郭深呢？他——他怎樣了？」小柔雙腿發軟，要緊緊抓着爸爸的手臂，才不致跌倒。

「死的是郭大合，他兒子郭深沒有死，不過，」張進雙眉鎖得更緊，續道：「警方懷疑郭大合被謀殺，而郭深就被帶返警署協助調查。」

「協助調查的意思是——協助而已，郭大合的死和他無關吧？」小柔小心地問道。

「警方暫未公布。但是，郭大合的屍體被發現時，郭深是在屋裏的，而發現屍體的，另有其人。」

「爸爸，今早我被噪音吵醒，就是屍體被發現的時候，是嗎？」

六 不是說謊

「先生、小姐，請問你們住在幾樓幾室？」

大廈電梯大堂有警員向他父女倆查問。

「我們住在十二樓，十二室。」張進回道。

「今早，我們在十二樓十三室發現男戶主的屍體，你們跟那戶主是鄰居，故此，我想阻你們一些時間，問幾個問題。」警員向他們展示證件，道：「我是北區重案組刑Sir。」

「刑Sir，我們都知道此事了。」張進道。

「如果不介意的話，我可否上你們家做個簡短的訪問？」

十二樓電梯門旁站了幾個在議論紛紛的街坊，一見張進和小柔踏出電梯，即問：「張生，你也知道十三室郭生出事了吧？我們正在商量，十二樓每一戶都

『夾』錢請師傅來做一場法事，好讓大家心安。你意下如何？」

「我沒有任何宗教信仰，沒有意見，只求大家住得安心。要『夾』錢，我沒問題，你們計算好每戶負責的費用，再告訴我。」張進道。

刑Sir隨他們走進屋內，環視一下，問：「請問你們家中人口有多少？」

「只有我和女兒。」張進補充道：「我太太兩年半前因病離世了。」

刑Sir望望櫥櫃頂安放的一張全家福。「張生，你獨力照顧女兒，不容易啊！」

「刑Sir，請飲茶！」小柔雙手遞上一杯熱茶。

「謝謝！」刑Sir接過來，喝了兩口，微笑問她：「妹妹今年多大了？」

「十三歲。」她回道。

「你叫什麼名字？」

「張小柔。」

「小柔妹妹，」刑Sir把茶杯放在身旁的木餐桌，順勢坐下，問道：「你和郭家熟稔嗎？」

小柔意料不到刑Sir會先向她查問，定一定神，坐到他對面，回道：「幾年前，我們剛搬來，便認識郭家了。郭深哥哥讀的中學就在我的小學附近，所以，我們上學時經常會遇上。我跟郭爸爸就不太熟稔，只知道他是麪包師傅，半夜便去上班，我們上學了，他才回家。有半年時間，郭深哥哥都替我補習，補習期間，少不免會傾談。」

「你覺得郭深是個怎樣的人？」

「我覺得郭深哥哥很聰明，學業成績優秀，人又多才多藝。」小柔坦白回道。

「他的性格如何？」刑Sir一臉隨意的問。

小柔當然明白這問題的重要性，遂謹慎地回道：「他溫文有禮，待人和善，很關心人。有一次，我生病了，碰巧爸爸要上班，郭深哥哥主動陪我去診所看病呢！有時，年長的鄰居要搬重物或是要人幫忙看英文信件，都是由郭深哥哥幫忙……」

小柔一一羅列出郭深的好人好事，當然對自己曾暗戀他一事絕口不提。

「就你所知，郭深和郭先生的關係如何呢？」刑Sir兩手交疊問。

「郭先生和太太早已離異，郭深哥哥和他爸爸是相依為命的，不過，他倆的關係只是普通。」

「普通，意思是什麼？是淡薄嗎？」刑Sir湊近她，再問。

「現代父子的關係，多數都是普通，不太親密，但又不至於淡薄。」張進笑笑，插嘴道。

「以前，我到他們家中補習，見郭深哥哥和郭爸爸有傾談的，但正如爸爸剛才說，他們的關係不算親密。」小柔道。

「有否聽聞他們曾有爭執？」刑Sir續問。

「沒有。」小柔搖搖頭，以盡量自然的神態回他道。

「一次也沒有？」

「沒有就是沒有。郭深哥哥很有耐性的，我從沒見過他發脾氣。」小柔肯定地道。

「這年青人是稀有的大方有禮，也很正直，所以我很放心讓女兒到他們家補習。」張進也加入讚賞的行列。

刑Sir點了點頭，來回看了他們兩眼，續道：「這兩天，你們可有聽過十三室發出任何噪音？如碰撞聲或吵架聲？雖然你們寓所和十三室有防煙門相隔，但，據這一層的住客說，因為其中一戶的戶主不良於行，那道防煙門經常都被人在門底加門塞，令門長開，我相信，若果十三室有噪音，你們一定可以聽到。」

「但我們確實沒有聽到什麼異常的噪音，恕我們愛莫能助了。」小柔淡笑着道。

「我也沒有聽到什麼。若有的話，一定如實告知你。」張進也道。

「好。我還有一個問題。就是——你們最後一次見郭深和郭大合，是什麼時候？」刑Sir問。

「上次見郭爸爸，該是上星期初。我下午放學回家，在電梯遇見他，他戴着口罩，手裏拿着一袋藥，那膠袋是附近診所的藥袋。我見他一臉病容，只喚了他一聲，沒有跟他說話。料不到那就是我最後一次見他。至於郭深哥哥，我前天早上上學時在樓下大堂見過他。他背着書包匆匆折返，我問他是否帶漏了東西，他說是的，然後閃進電梯。就是這樣了。」小柔回憶道。

「我的工作時間跟郭大合不一樣，所以，大家甚少碰頭。上次見面是什麼時候？我已忘了，或許一、兩個月前。至於郭深，幾天前在後樓梯碰過面——」

「在後樓梯？」刑Sir警覺地道。

「是！我們碰巧一起倒垃圾嘛！郭深還主動跟我打招呼。」張進回道。「他跟平日沒有什麼分別。」

「明白。」刑Sir又大力點了點頭。「如果這幾天，你們省起了什麼重要的資料，請聯絡我。我——不阻礙你們了。」

刑Sir告退，大門一關上後，小柔凝視着張進，問道：「你猜刑Sir會否看得出我們剛才在說謊？」

張以手勢示意她進飯廳才談。

「我們不是說謊，只是把部分真相隱藏罷了。」張進輕聲道。

「如果坦白告訴他，郭深和郭大合大前晚凌晨曾爭吵至我也聽到，甚至要我去調解，郭深殺父的嫌疑會很大！所以，我要在你回家前跟你解釋一下情況，準備好才回來。我早已料到，樓下一定有警員駐守，向住客問話。倘若我和你不早點『夾』一下，各有各說，就麻煩了。

「今早，其實我很早便起來，聽到外面嘈雜的聲音，便馬上去看個究竟。我見

我不阻礙你們了。
關上—
咻—
你猜刑Sir會否看得出
我們不是在說謊，
只是把部分
真相隱藏罷了。

到一男一女站在十三號室前，激烈地爭論，遂上前了解。

「原來，那個女的是郭大合的前妻，她從外地回來很想見兒子，致電郭大合手機留言十多次，都沒有回覆，三天內親自上來好幾次，家中都沒有人。郭大合平素不與親戚往來，朋友幾乎沒有，她又不知道他工作的地點，整整三天都跟他們聯繫不上，擔心得很，加上又要到內地公幹，便把即將要飛往外地旅行的業主請來，想用他的門匙開門。怎知，業主卻帶錯了門匙，開門不遂，郭大合的前妻便要求馬上請開鎖匠來開門，業主卻認為沒有這必要，想待他旅行完回來再算。

「我以一個鄰居身分提供了一個意見，我有一個做開鎖匠的朋友，就住在附近，而且歡迎隨時召喚。我把他的聯絡電話交了給郭大合的前妻，便回來了。

「就在郭宅前站一站，我已有些不祥的預兆。我不希望一會兒你踏出家門時碰巧開鎖匠正開了鎖，而你又碰巧看到室內那可怕的真相，所以我關上了那防煙門，隔了音，以防你聽到什麼，並自動請纓送你回校去。

「現在想來，我這個決定是沒錯的。」

小柔作了一下深呼吸，定一定神，才跟張進道：「爸爸，我心裏有一件事，不知該否告訴你。」

「我是你爸爸，你有事怎可以不告訴我？」張進一臉緊張的問道。

「爸爸，請你平心靜氣聽我說，我看的《少女偵探藍天》第一集，女主角藍天就是偵查鄰居被殺案！」

七 實在詭異

小柔把大大的一碗麪吃畢，張進也看完了第一集《少女偵探藍天》。

「實在太詭異了！」他合上了書，身子往椅背一靠，兩隻手臂抱着頭，半瞇着眼，看樣子是墮進沉思裏了。

「漫畫裏的藍天，偵查的是女鄰居江口太太被殺事件，而涉嫌謀殺的不是別人，正正是她的親生女兒貞子。除了性別不同之外，漫畫和真實事件有很多雷同。為何會這樣？難道歷史會不斷重演？我又在飾演一個什麼角色呢？竹山勁太當年是否以真實事件去繪寫這本漫畫？藍天是他虛構的角色，抑或真有其人？若果真有其人，外貌又跟我那麼相似，她會否是我的嫲嫲或婆婆？」小柔邊滔滔地拋出連串問題。

「可惜你的嫲嫲和婆婆都不在世了，不能向她們查證。」張進長長吁了一口氣。「我腦裏也充斥着無數問題，沒可能一下子找到答案。漫畫結局是貞子並非殺人兇手，真正的殺人兇手，是江口太太的一個鄰居，不過，漫畫和現實，沒可能完全吻合吧？」

小柔瞄一瞄牆上的掛鐘，馬上取遙控開電視。

「看看新聞，便可以知道警方掌握了什麼線索。」

「今晨七時，警方接獲一婦人報案，遂派員到卓利大廈十二樓一單位調查。在單位內發現一具死去至少一日的男屍，死者為五十九歲男戶主郭大合，死者倒卧在睡房牀上，頭部及臉上有明顯傷痕，死因有可疑。死者的十七歲獨子被發現在另一睡房睡覺，已被帶返警署協助調查。大批警員到場搜集證物，並向大廈住客及附近街坊查問……」

「爸爸死在睡房，郭深則在自己睡房睡覺？真離奇！」張進的目光從電視熒幕，調回桌上的漫畫書。「最離奇的是，漫畫裏的死者——江口太太被發現時，也是屍體在睡房，而她的女兒貞子也是在家中，正在自己的睡房睡午覺！」

小柔把漫畫書取過來，正要翻去那個情節，張進卻按着書，道：「等等，先看這則新聞，也是與你有關的！」

「今天中午十二時左右，在威利士街發生了一宗三車連環相撞的嚴重交通意外，造成一死七傷。當場死亡的是一名五十九歲的私家車司機，同車坐在後座的六十五歲男乘客身受重傷，救出時已陷入昏迷狀態。這名傷者是七十年代紅極一時的日籍漫畫家竹山勁太。他被送往聖馬可醫院時，一度危殆，經搶救後現時情況轉為嚴重……」

「可以解答到我心中疑問的人，竟遇上了意外。唉！連個天也在玩弄我！為什麼呢？」小柔忿忿地道。

「你媽媽生前常掛在嘴邊的話，是：一切事情都是上天安排的，上天自有其目的。今次，這些事情的發生究竟有何目的呢？」張進喃喃地問

道。

小柔的目光由電視熒幕調到櫃頂上的一張全家福。站在中間的媽媽笑容溫暖如陽光。未發病時的媽媽，面色紅潤，渾身都是活力和朝氣。她凝視着相片中的媽媽好一會兒，突然叫起來：「我知道了！我終於知道了！」

「你知道了？是什麼呢？」張進驚訝地問道。

「竹山勁太說我是藍天，藍天不就是少女偵探嗎？上天要我們做的，就是盡能力去偵查！我百分百相信郭深哥哥，他是無辜的，兇手是另有其人，我一定要查出真相！」小柔堅定地道。

「在漫畫裏，藍天的養父是她的拍檔。若你要當少女偵探，我就必然是你的拍檔了！」張進自動請纓道。「我會是你的最佳拍檔！」

八 冰冷的屍體

「請問你們是誰？」

躺在醫院病牀上的郭深媽媽，一睜開雙眼，看見站在牀邊的張進和小柔，疑惑地問道。

「我們是郭深的鄰居兼朋友。我叫張進，她是我女兒小柔。」張進自我介紹道。「其實，我們有一面之緣。昨天清晨，你和業主在十三號室門前商量解決方法時，我把我那開鎖匠朋友的聯絡電話交了給你，你——記得嗎？」

「我記起了！」她揉揉前額，疲倦地道。

「我該怎樣稱呼你？」張進問。

「我也姓郭，你叫我郭梅吧。」郭梅兩手手肘一撐，要從牀上坐起來。

小柔趕忙上前攙扶。

「妹妹，你叫小柔？」郭梅問她。

「是的。郭深哥哥曾經是我的補習老師，他對我很好，待我如親妹妹。」小柔道。「我們今天在幾份報章看到的報道，肯定是揑造，說他和他爸爸有嚴重代溝問題，關係惡劣，又說剛入大學的他一直看不起只有小學程度的爸爸，這些全與事實不符呢！」

郭梅一臉愕然，道：「我昨天發現家中出事，一時間接受不來，醫生便要我留院觀察。我沒有看報章報道，這兩天的電視新聞醫院也不讓我看。不是你說的話，我不會知道呢！」

「郭梅，你現在的情緒穩定嗎？我們

跟你傾談，會否——」張進問。

「警方今早已來過，跟我落了口供。唉——接受不來也要接受，時光不能倒流，一切都已發生了，我再哭啼，再往回望也沒用。現在只望自己可以快點出院，替郭大合辦理後事，然後把阿深帶離香港，回去我在南非的家，一起生活。」郭梅長長歎了口氣，回道。

「原來你已經落了口供。」張進道：「其實，昨天的情況是怎樣的？你不介意的話，可否再講述一下？我們作為郭大合和郭深的鄰居兼朋友，很想知道事件真相，不希望被媒體誤導。」

「昨日的情況很可怕的！妹妹，」郭梅轉向小柔問道：「你幾歲？聽這些事情，今晚會否睡不着？」

「我十三歲，但我比一般的十三歲膽子大得多，思想亦成熟好幾倍，你不用擔心我。」小柔即回道。

「既然這樣，我便告訴你們吧。」郭梅道。「我十年前和郭大合離婚，郭深和爸爸一起，我則移民到南非居住。我間中會致電郭大合，問他和郭深的近況。上月，我因工作關係，要往深圳，便順道來港，一心想見見十年沒見的兒子，但幾天都聯絡不上郭大合，便想到直接上他們家見面，但幾次都沒有人應門。幸好我留着這單位業主的電話，可以請他去替我開門。怎知，這個有幾個單位收租的業主，竟然大意帶錯門匙，最後，幸好有張進先生你相助，我們才找到開鎖匠來開門。」郭梅說到這兒，頓了一頓才道：「門開了，裏面靜得很，我以為他們只是睡着了，便走進主人房……怎知……怎知我見到的竟然是……大合的屍體！他冰冷的屍體……橫躺在牀上，額有血跡！我嚇得雙腿一軟，就跌倒在地上，但一想到阿深，擔心他不知會否也遭毒手，便勉強撐起來，走到他的睡房，見他也倒在牀上，大驚，還以為他也出事了！幸好，我拍他打他時，他便睜開眼。他說，昨晚他在大學的活動喝了酒，一回到家便累得躺在牀上睡覺，他根本不知道，就在鄰房的爸爸已死去了。

「昨天，致電報警的是我，不過，我拿着手機，說了兩句，便再也說不出話來。結果，那業主替我接了下去。警方到來，認為我當時情況不宜落口供，便把我送來醫院。

「不是你們說，我不會知道那些報章記者竟然這樣寫阿深和大合！」

「郭梅，你今早落口供時，警方有否向你說過郭深的情況？他現時仍被警方扣留嗎？」張進問。

「我當然有問，但，那探員只說要郭深繼續協助調查，到完成初步調查，會馬上知會我。」郭梅道。「阿深自小便聰明乖巧，也是個誠實的孩子，我相信他的說話，他喝了酒，有些醉，回家便朦朧入睡。爸爸出事了，他並不知情。」

「郭梅姨姨，請你原諒我這樣直接地問！一對夫婦離婚，幼小的子女通常會跟媽媽一起生活。你和郭先生分開時，郭深哥哥只有七歲，為何你不爭取他的撫養權呢？」小柔大着膽子問道。

郭梅面有難色，垂下臉不作聲。

「對不起！我女兒這樣問，只因她關心郭深，想了解多一些而已。你不想談的話，我們不勉強你。」張進道。

「其實，我很想把阿深帶在身邊，但那時的我，沒有經濟能力，怕帶着他，會累他受苦，而且，他在小學讀得開心，我不想貿貿然帶他離開熟悉的環境，只好忍痛讓他留港，跟爸爸生活。」郭梅談到痛苦的往事，不禁流下淚來。

「原來如此，郭梅姨姨你不要哭！你快可以跟郭深哥哥團聚，一起生活了。」小柔馬上給她送上紙巾，安慰她。

「現在他給警方扣留問話，不知道警方什麼時候才會放人。」郭梅抹掉淚水，道。

「郭深哥哥沒有做錯任何事，他提供足夠資料後，警方不會再扣留他，但一定不會讓他返回十三室的。現在，單位被警方封鎖了。」小柔道。

「那我要儘快出院，待警方問話完成，我便要接回阿深，讓我可以盡做母親的責任，照顧他。」郭梅吁了一口氣，道。

「郭梅，談回郭大合的案件，照你所知，他有沒有仇家？工作上有否和人結怨？」張進問。

「他當麵包師傅，怎可能有仇家？他為人沉靜寡言，我跟他一起時，沒見過他和人結怨，連吵架也好像未試過。」郭梅來回望了他們幾眼，道：「其實，剛才警方問過我同樣的問題，我也是沒有什麼有用資料可以提供。」

* * *

小柔剛踏出病房，在外面等候的王梓和志清馬上趨前。

「小柔，剛才你有兩個來電！」王梓急忙把小柔的手機雙手奉回。「第一個是梁綺淇，她說不小心把你的英文小測卷帶了回家，明早一定還給你。

「第二個來電者是個男孩子，聲音陌生，該不是我們班的人。他沒有留下姓名，但有來電顯示。他說有事相求，請你儘快致電。」

小柔看看第二個來電顯示，是個陌生的號碼。

「會否只是產品推銷員的來電？」志清問。

「還是致電去確定一下好些。」小柔的直覺告訴她，這是個一定要回覆的來電。

她按了回撥，電話那端響起來了。

「喂？」是個聲線粗獷的中年男子。

「你好！我姓張的，請問剛才是否有人曾致電我呢？我是跟來電顯示回覆的。」小柔道。

「姓張？你是張小柔，是嗎？」對方問。

「是的。請問你是哪一位？」

「我是東九警署的呂督察，要找你的是另有其人。請你等一等！」

來電號碼是警署？究竟是誰找我？

「喂，是小柔嗎？」

是她熟悉的聲音。

「你是郭深哥哥？」

九 他絕對不會傷害別人

「謝謝你們到來！」

郭深一見他們，馬上站起來，激動得雙眼通紅，淚水也迸出了。

張進上前拍拍他的肩，道：「遠親不及近鄰嘛！作為鄰居，你又曾替小柔補習，這只是舉手之勞！」

「我跟你們非親非故，你們願意暫時收留我，真不勝感激！社工說，會跟大學商量，儘快替我安排宿位。待社工一通知，我便馬上搬往大學宿舍。」郭深以手背擦掉眼

角的淚水，道。

「郭深，其實，張叔叔和小柔就住在你單位隔離，你——不怕會觸景傷情嗎？」王梓問道。

「你——請問你是——」郭深定睛看着他。

「我忘了介紹！」小柔馬上道：「他們是我的同學——王梓和徐志清。剛才我和爸爸進了醫院病房探望你媽媽時，他替我保管書包和手機。第一次來電，就是他接聽。」

「你們去了探望我媽媽？」郭深很是愕然。

「對！雖然我們不認識她，但也想向她表達一下關心。」張進道。

「你媽媽昨天情緒不穩，所以送院治理。這點，警方有跟你說過吧？」小柔問。

「有。」郭深垂下頭，道。

「刑Sir，你好！我們又見面了！」張進跟剛進會面室的刑Sir打招呼。

「張先生、張小姐，你們好！今天由我負責護送郭深到你們住處，並替他到十二室執拾衣物和日用品。」刑Sir道。

「麻煩你了，刑Sir！」張進道。

「這是我職責所在。」刑Sir道。「我們出發吧！」

*　　*　　*

「郭深，你想去探望你媽媽嗎？」吃晚飯時，張進問他。

他毫不考慮便搖了搖頭。

「你媽媽在醫院也惦念着你，她打算替你爸爸辦完後事，便和你一起到南非定居。」小柔凝視着郭深，道。

「她早在十年前已選擇拋夫棄子，她跟我完全沒有關係。爸爸過世了，我就是個孤兒，我絕對不會因為渴求家庭溫暖而希望返回媽媽的懷抱。」郭深以平靜的語氣說出心底話。

「郭深哥哥，坦白說，昨天我問過你媽媽，她說因為當時她沒有經濟能力，故不能帶同你離開，加上你在小學讀得開心，她不想強行把你帶離熟悉的環境，她是忍痛把你留給郭伯伯的。」小柔道。

「忍痛？」郭深冷笑了一聲，道：「我不喜歡說人家壞話，加上那個是我的生母，我更不應該數她的不是。總而言之，我一定不會跟她生活，亦不會有興趣跟她見面。謝謝你們的一番好意！」

小柔和爸爸交換了一個眼神，決定擱下這個話題。

* * *

「小柔，那個郭深在你家住下來，有沒有什麼異樣？」翌日清晨在校園，王梓一看見小柔，便捉着她追問。

「異樣？你這樣問是什麼意思？」小柔反問他。

「昨晚我和志清傾談，越談越覺得不妥。警方說，法醫官證實，郭大合的屍體在星期三早上七時左右被發現，估計死亡時間是三十小時前，即星期一晚上，報章報道說，郭深星期二參加大學的活動，喝了酒，回家後昏睡至翌日，察覺不到爸爸原來已死在鄰房。那麼，星期一晚呢？他在家嗎？」王梓提出這個疑問。

「昨晚我們沒有談及這案件。畢竟他唯一的至親被殺，他又長時間被警方扣留問話，經已身心俱疲。若果來我們家暫住，還要被我們問及他那兩天的去向，我們於心不忍。」小柔解釋道。

「但你對他完全信任嗎？正常一個人回家，總會和家人打個招呼吧？家人遲遲不回家，該會致電探問一下，確定他是否無恙吧？」王梓對他滿是懷疑。「你爸爸曾在偵探社工作，難道丁點也不會覺得奇怪？」

「王梓，我知道你關心我、緊張我，不過，警方已向郭深問話超過廿四小時，如果認為他有嫌疑，該早已拘留他，若然有足夠證據，甚至可以控告他。不過，警方完成問話後，沒有採取任何行動，那即是，警方也認為他與案件無關啦！」

「但你可有想過，警方也是人，會有可能出錯？你說過郭深絕頂聰明，或許他真的可以連警方也蒙騙了！」王梓雙眉緊鎖，堅持他對郭深的戒心。

「我讀小六時是他的補習學生，與他相處過，很清楚他的為人。他絕對不會傷害別人，更莫論傷害自己爸爸！」小柔對郭深百分百信任。

「你小六時是他的學生，那已是兩、三年前的事了！你認識的是以前的他，人是會變的啊！」王梓道。

「你對他有偏見。」小柔道。

「你嘗試跳出郭深前補習學生的身分，客觀地去重看整件案件吧。你一定會找出疑點的！」

十 意料之外的回應

「咦？莫老師，為何要拉下投影幕？現在是午飯時間呀，你不是想補課吧？」午飯時間，有同學見莫老師吃了幾口飯，便把飯盒蓋上，匆匆忙忙開連接電腦的投影機，拉下投影幕，不禁問道。

「放心！不是要補課。我想給你們看一個特別的訪問，是一個網台做的訪問。」莫老師回道。

「什麼訪問？又是學者專訪？放過我們吧！我們只想輕鬆吃個午飯而已。」

「信我吧！這個訪問，你們會感興趣的。」莫老師信心滿滿地道。

熒幕上出現娛樂網台的報道。

記者到了醫院的深切治療部病房外面，訪問一個一頭銀絲，紮着高髻，舉止優雅的老太太，這老太太不是別人，正是竹山勁太的太太趙菲！

「竹山太太，當大家知道竹山先生遇上了交通意外，都非常擔心。請問他現在的情況如何呢？」

「他送院後曾一度危殆，幸得醫生全力搶救，把他的生命從死神的手中拉回來。雖然他目前仍未蘇醒，但醫生說他已渡過了危險期，情況漸趨穩定，連日來，許多朋友，甚至不認識的人，都向我和勁太送上問候，我衷心感激大家的關懷和支持。」

「竹山太太，醫生有否預

計，竹山先生什麼時候會蘇醒？」記者又問。

「醫生未能預測到，現階段仍在觀察。我希望大家可以祝福他，有信仰的，請為他祈禱。」竹山太太向着鏡頭，雙心合十，誠心地道。

「竹山太太，請問，竹山先生當天中午外出，是否約了人見面？抑或有私人事情要處理？最近有傳聞，說竹山先生是因為財政問題要趕到銀行跟經理會面，尋求解決方法。當天他請司機開快車，最後交通失事。你對這傳聞有什麼回應？」

竹山太太對這意料之外的問題一臉錯愕，她瞪瞪記者，眼裏明顯地流露不滿，但礙於在鏡頭前不能失儀，只好把怒氣往肚裏吞。

「你也懂說是傳聞，那即是——真確性是零。我先生財政狀況穩健，從未出現過問題。相信是一些無聊人在造謠罷了，大家切勿信以為真！」竹山太太保持着淡淡的笑容，為丈夫闢謠。

「明白！」記者點了點頭。剛剛給竹山太太撲滅了一個火頭，記者竟膽敢又燃點起另一個火頭。「我還聽過另一傳聞，就是在竹山先生遇上車禍前一天，他在文化博物館任導賞員，準備向一班中學生講述自己的作品時，突然情緒失控，緊握其

中一名女學生的手，令對方受驚，還驚動了職員出面調停。最後，竹山先生被請離開。請問此傳聞的真確性又有多少？」

今次，變臉的除了竹山太太之外，還有正在觀看訪問節目的小柔。

「這個記者真的極為不專業，她連尊重受訪者也不會！怎可以在醫院問傷者太太這些問題呢？竹山先生是一個資深的文化界人仕啊！」志清忿忿地道。

「我還以為這個是個值得一看的訪問，怎知道網台的記者水平如此低！唉——還是不看也罷了。大家同意嗎？」莫老師搖頭歎氣，問道。

「既然問題已問了，我倒想看看竹山太太如何回應？」有人提出道：「不如讓我們繼續看下去吧！」

「喂，你們有否考慮過小柔的感受呀？」王梓禁不住站起來問道。

全班噤聲了。

「其實，」小柔咬咬牙，環視大家一下，道：「我不介意繼續看下去！」

一眾目光，迅速由小柔身上調回熒幕，莫老師也重新坐下，靜心繼續看下去。

鏡頭下的竹山太太，定睛看了女記者好一會兒，她垂下頭，沒有回答。

「竹山太太，你可以給我和觀眾一點回應嗎？」記者窮追不捨。

半頓，竹山太太抬起頭來，卻轉而對着鏡頭，以淡淡的笑容道：「如果——如果此刻看着這訪問的你，就是當天給勁太嚇怕了的那個女孩，我代他向你賠罪。他並非存心要嚇唬你，令你受驚，他——當天的行為，是有原因的。雖然他暫時沒有可能向你詳細解釋，但，若果你想知道的話，歡迎來找我。我會盡我能力給你一個解說。好！我想，今天的訪問到此為止，謝謝大家。失陪了！」

竹山太太向記者及攝影師點了點頭，便筆直走往電梯大堂，訪問便告終。

莫老師第一時間上前關掉電腦，全班靜默一片。小柔不用轉身去看，也知道大家的目光都集中在她一人身上。

「小柔，你會去找竹山太太嗎？」王梓終於問了這個全班都想知道的問題。

十一 走上死亡之路

又到了下課的時候……

「你——若果決定去找竹山太太，我們可以相陪。」王梓背起書包，上前來跟小柔道。

「明天開始學科測驗，你們也要溫習吧？我不能要求你們陪着我往這兒去那兒那麼自私！」小柔拒絕了他的好意。

「難道你打算獨自去見她？」志清問。

「我會請我爸爸陪伴，你放心好了！」小柔微笑道。

「我可以陪你們一起去嗎？」志清堆着一臉笑，問道。「反正我用功溫習，數學成績都不會有太大起色，倒不如陪伴着你們去見竹山太太吧！」

「若志清去的話，我也要一道去。明天測的是數學，正是我的強項，我根本不用花時間溫習。」王梓搶着道。

小柔背起書包，搭着他倆的肩膊，道：「數學是王梓的強項，志清的弱項，那麼，王梓你就當志清的補習老師，幫他惡補一下，希望他可以有進步。拜託！」

「小柔，你爸爸不用上班嗎？他果真有時間陪你去？」王梓不放心，問道。

「而且，你們收留了郭深啊！若果你爸爸有工作，未能趕及回家，就由我陪伴着你吧！一想到你和郭深有可能孤男寡女同在一屋，我就有強烈的不安！」

「王梓，你太多擔憂了！我媽媽在生時也沒有你這麼緊張！放心吧！我會長開手機，你隨時可以找到我。」小柔一個轉身，面向他倆道：「為明天的測驗而努力吧！拜拜！」

踏出學校，小柔開了手機不到五秒，爸爸便來電了。

從不看網台節目的爸爸，絕不會知道，竹山太太接受了訪問，並公開請小柔前往找她吧！

「小柔，你要儘快回家，刑Sir半小時後便會到來，郭深也正趕回家。我現正在大埔道車龍中央，前面有交通意外呀，真麻煩……」電話一接通了，爸爸便巴啦巴

啦的說了一大堆。

「刑Sir要來？是案件有新進展了？」小柔急問。

「刑Sir在電話沒有詳細告訴我，他只說有些極為重要的事情，今天五時左右，警方會開記者招待會，向傳媒交代，但他想先親自跟我們說。」張進回道。「你儘快趕回家吧，我擔心我會遲，我今早又忘了給郭深門匙……唉……」

＊　＊　＊

茶泡好了，刑Sir也到來了。

「咦？張先生和郭深呢？」

「他們正趕回家。刑Sir請坐，等一等，喝點茶吧！」小柔請刑Sir到餐桌旁坐下，奉上一杯濃燙的茶，然後就在他對面坐下。

「謝謝你！」刑Sir雙手握着茶杯，目光卻在客廳游移。

「刑Sir，你跟我爸爸說有重要事情交代，究竟是什麼？」小柔好奇問道。

「待郭深和你爸爸回來，我一次過說。」刑Sir邊說邊站起來，走到沙發前，看到放在茶几上面的一本《少女偵探藍天》，一臉驚訝地道：「你竟會有這本漫畫？這是我小時候最喜愛的漫畫！我在親戚家住了兩年，常常到他們書店看書，這套漫畫，我由頭至尾看了至少十次。藍天這角色，令我立定志向要當警察呢！這套漫畫是三、四十年前出版的，是否你爸爸的珍藏？」

小柔搖搖頭，坦白回道：「是作者竹山勁太送贈的。」

「竹山勁太？就是早兩天遇上交通意外，現在昏迷在院的竹山勁太？你認識他？」

「碰巧在他出事前一天才認識。」小柔道。「他送了一整套漫畫給我。」

「他為何會送給你呢？」刑Sir話剛出口，又懊悔了。「唉——我真是太不專業了。對不起！工作時間，不應跟你談這些與工作無關的事。」

「不要緊！我也想找人替我解謎，你主動掀起這話題，對我來說，是好事！」

小柔拿起一本《少女偵探藍天》，捧在面頰旁，問：「細看封面上的藍天，再看看我的樣子。」

刑Sir望了兩眼，目瞪口呆。「怎麼你和主角……和主角的面部特徵、輪廓那麼

這是我小時候最喜愛的漫畫。
你仔細看封面的藍天，
再看看我的樣子。
少女偵探藍天
竹山勁太
怎麼你和主角……
和主角的面部特徵、輪廓那麼相似的？

相似的？難道竹山勁太以你做模特兒創作藍天這角色？沒可能啊！他開始創作時，你仍未出世，應該純粹是人有相似，但又相似得誇張啊！」

門鈴響起了，回來的是張進。

「刑Sir你好！郭深還未回來嗎？」張進仍未踏進家門，已問道。

「未呢！」小柔回道。

「剛才我致電他數次，電話卻接不通。」張進疑惑地道。

「我一個小時前致電他，他迅速回應，説已在回家途中。」刑Sir馬上拿起手機嘗試撥打。「現在則電話未能接通。是手機沒電吧？」

「刑Sir，究竟你有什麼事情要向郭深説？不如你先告訴我們吧！反正，還有半個小時便到五時，警方都會公開向傳媒交代。」張進道。

「是啊，你邊説邊等郭深吧。」小柔道。

「好。你們先坐下。」刑Sir也返回餐桌，坐下，呷了一口茶。

小柔和張進馬上坐到他對面。小柔雙手輕按着心房，準備迎接那或許會是驚天動地的消息。

「在十三室的屍體，經DNA鑑定，並非郭大合的屍體。」刑Sir緩緩地道。

「什麼？」兩人的下顎差點掉到地上去了。

「你們有要求郭深認屍吧？他連那是否自己的爸爸，也不能確認？」張進追問。

「這樣好像沒可能，又或者，是否郭深故意說謊？」

「他沒有說謊，報案說發現前夫屍體的郭梅也沒有說謊。因為，憑肉眼看，屍體的確是郭大合。無論相貌、高度、身型，都跟郭大合完全吻合，但，那並不是他。」

「那麼，十三室的屍體……是誰？」小柔只覺事情非常詭異。

「是一個叫陶一之的男人，他跟郭大合的相貌相像得仿如孖生兄弟。」

「年齡呢？」小柔問。

「兩人的出生日期相差三個月。」刑Sir回道。

「那即是，他們不會是孖生兄弟。」張進即道。

「我們暫時排除這個可能。這個陶一之在香港出世，但已移民馬來西亞多年，上星期才以旅客身分來港，我們今天才追查到他的身分。為何他會被殺，屍體又怎會在郭大合家裏出現，我們仍在調查。」

「那麼，郭大合的去向呢？」小柔問。

「我們當然會追查。一個和他相像的人陳屍在他家中，而他本人卻失蹤數天，我們怎會不查？」刑Sir道。

「請問那個陶一之的死因是什麼？」

「他頭部有被撞擊的傷痕，但那些傷並非致命傷。」刑Sir續道：「驗屍官說，令陶一之致死的是心臟病，他是因心臟病發失救致死的。」

「你們可有翻查閉路電視，知道他是什麼時候到來我們大廈嗎？」小柔問。

「知道，就在郭梅發現屍體前兩日的一個下午，他來到卓利大廈。從閉路電視所見，他是獨自來的，從十二樓踏出電梯，便走上死亡之路……」

十二 還有意外發生？

五時二十五分，看了電視的特別新聞報道，「十三室的屍體不是屋主而是另有其人」已公布，新聞報道也完結了，要等的人卻始終未出現。

「郭深怎麼了？由大學回來只消四十五分鐘，但，」張進抬頭望望鐘，續道：「已過了整整兩個小時，想找他，手機又關上了。明知大家在等他，他卻遲遲未見出現，難道……是遇上了些什麼意外？」

「這個世界，怎會有那麼多意外呀？你以為拍戲或寫小說嗎？郭深家突然有一具陌生人的屍體，他媽媽被嚇至入院，他爸爸就失蹤，郭深哥哥還要遇上意外？世間怎會有這樣離奇的事情發生？沒可能的！」小柔馬上否決了他的假設。

「小柔妹妹，你只有十三歲，沒有太多經歷。這個世界，的而且確會有曲折離奇或慘絕人寰的事情發生。」刑Sir站起來，道：「我不再等郭深了，因為警方亦已向傳媒交代了事件，郭深或許在回家途中已得知道這一切。我有另外一些工作要做——」

「刑Sir，你要走了?不留下來等郭深?」張進愕然。

「他有我聯絡電話，可以隨時找我。」刑Sir道。「我真的要走了。」

「若果郭深哥哥果真遇上了意外呢?」小柔急問。

「剛才新聞台的新聞報道，並沒有提及今天下午有交通意外或搶劫、傷人等。郭深該只是塞車而遲回家而已。好！我告辭啦！」

刑Sir離開後，小柔嘟起嘴，道：「又是他說這世界會有曲折離奇或慘絕人寰的事情發生，但轉頭又說，郭深遲回家，手機又駁不通，該只是塞車而已。哈！那麼我該擔心郭深哥哥抑或大可以放心，一邊準備今晚的晚飯，一邊等他呢?」

「飯總要吃的！我們還是先煮飯吧！」

* * *

晚上十時半，留給郭深的飯菜都冷了，他依然未見蹤影，手機依然不通。

張進長長歎了口氣，拿起電話，決斷地道：「雖然郭深失蹤不足四十八小時，但我還是致電刑Sir，通知他好了。」

小柔拿起擱在茶几上的《少女偵探藍天》，匆匆的翻閱。

「刑Sir的電話長響，或許他下班了，不想再接我們的電話。」張進喃喃地道，並掛了線。

「爸爸，你快速看看這幾頁吧！」小柔揭到漫畫中間的部分，一

臉驚慄地道：「藍天的鄰居——江口太太被殺，警方一度懷疑她的女兒貞子是殺人兇手。藍天迅速查證，為她洗脫了嫌疑，但，貞子回復自由後竟然失蹤，就跟郭深哥哥一樣！」

張進拿起漫畫翻了翻，不耐煩地問：「貞子為何失蹤？是因為她根本就是殺人兇手？抑或遇上意外，給人擄走？我沒心情看漫畫了，不如你直接告訴我吧！」

「貞子是給人帶走了，而帶走她的，是她爸爸！」

十三 褲袋藏着的東西

早上十時十五分，皇宮麵包店已過了繁忙時間。就在沒有顧客內進的時候，來了兩個並肩來買麵包的人。

「早晨，請問郭大合是否曾在你們麵包店工作？」小柔問正在收銀處呆坐的一個胖圓的湯丸樣女職員。

女職員打量她一眼問道：「你是郭大合的親戚？」

「不！我們是他的鄰居。」張進道：「純粹出於關心，想問這兩天你有否見過他？」

女職員轉而打量他，一臉木然，語氣平淡地道：「哦——還以為你是CID！」張進自豪地笑起來。「我的樣子很似CID？」

「不說話的時候，很似。一開口說話就不似了。」她又道：「我們已看了新聞，知道原來那條屍並非他，他本人往哪兒去了？我們不清楚。昨天已有警察上來查問，我們已實話實說，郭大合在上星期尾已沒有回來上班，這幾天也沒有出現過。你們到來問我，我可以給的答案都是一樣。既然一場來到，不如『幫襯』一下吧！我們特製的芝士撻，開心價每個只售九元九，買五送一，見你是合哥鄰居，買四送一吧！再送你一個豬仔包……」

「好好好！我們一定會買，買夠一打，放心！」張進給她一顆定心丸。

「姐姐，郭大合叔叔是麵包師傅，該和廚房裏的員工較熟，我們可否進去跟他們見面，查詢一下？」小柔問。

「警察昨天也見過他們了！」女職員即道。

「我們不是警察！」張進強調。

「我知道。只是，他們昨天也沒有什麼有用資料可以提供，今天該也一樣，無可奉告。不過，你們堅持要問的話，隨便！廚房門就在那邊。」女職員的肥手指往一道半開的門。

廚房裏播放着嘈吵的流行曲，三個師傅正在忙碌地工作。

「我是郭大合的朋友，請問——」張進高聲問道。

終於有人把收音機的音量調低了。

「我是來問關於郭大合的事。你們也知道，在他家中的屍體並非他本人了吧？所以——」

這時，剛有一名高高瘦瘦的師傅從外面回來。

「喂！正仔，這個阿Sir來問郭大合行蹤。他『返生』後，你有否見過他？」其中一個師傅問道。

「阿Sir？」這個被喚作正仔的師傅，一臉驚恐。

「這兩天你都請假，之前有三個阿Sir來過，你都見不到他們，今天終於見到啦！阿Sir，我們要說的都說了，你尚有什麼問題，就問正仔吧。」另一師傅說完，轉頭繼續工作。

既然被誤會是警察，張進索性將錯就錯。

「正仔，你這兩天可有見過郭大合？」張進收斂起笑容，以最嚴肅的語氣加上凌厲的目光問他。

「沒……沒有。」正仔似乎被他嚇怕了，眼神閃縮地回答。

「真的沒有？」張進那如禿鷹般尖銳的眼神射向他，令他渾身震了一震。

「沒有！」正仔右邊嘴角抽動了好幾下，又道：「說了沒有就是沒有！」

站在張進身旁的小柔，留意到正仔的右手掩着褲袋，直覺告訴她，正仔有事隱瞞。

她捂着嘴在張進耳邊說了些悄悄話。

「各位師傅，你們繼續工作吧！我和正仔到外面談幾分鐘。」張進語調故作輕鬆地道。

正仔愀然變了臉色，縮着頭，隨張進和小柔走到店外。

「你褲袋裏藏着的是什麼？」走到一條僻靜的小巷，張進厲聲跟他道：「拿出來給我看看。」

正仔捏着褲袋的手捏得更緊。

「沒有什麼！」他速道，明顯地心慌。

「若果不是什麼令人懷疑的東西，為何不能拿出來？」張進不禁問道。

正仔低着頭，狀似準備把褲袋的東西取出，但突然，他雙手猛地往前一伸，把張進推跌到地上，然後沒命的往小巷另一端跑過去。

「爸爸！」小柔大驚，急忙要扶起張進。

「不用理我！我沒事！快追他！」張進推開小柔的手，道。

小柔沒有細想，轉身便跑。正仔比她高，兼手長腳長，但比她跑得慢，小柔不消半分鐘便追上他。小學時期學了六年的自衞武術，終於派上用場了。她飛腳踢他的小腿肚，他旋即跌到地上。她以極速伸手進他的右褲袋，把袋裏的

東西掏出一看。

是本馬來西亞的護照。

她翻到持證人資料一頁，護照是屬於陶一之的！

小柔把剛從地上爬起來的正仔拉到街角僻靜處，質問他道：「你快說，你怎會有陶一之的護照？」

「你又不是警察，我沒有必要跟你說！」正仔伸手要取回護照。

小柔把護照藏到身後，嚴厲地問：「陶一之已被殺，而你藏有他的護照，你的殺人嫌疑最大！」

正仔臉色一陣紫一陣青。「我沒有殺人……一切與我無關！我只是……受

托……」

「受誰所托？」小柔追問。

正仔欲言又止，情急之下，又伸手要搶回那本護照。

小柔一個轉身回到大街上。

「你再想搶回，我就大叫，途人報警，我就如實告訴警方，護照是在你身上找到的。」小柔機警地道。

「好了！我不搶了，你……要怎樣才放過我？」正仔低聲問道，狀甚可憐。

「向我們交代你所知的一切。」小柔目光堅定地道。

「我知的並不多。」正仔歎了口氣，道。

「知多少……就說多少。」剛剛趕到的張進，喘着氣跟他道。

十四 貯物櫃前的黑衣人

「為何——為何你會帶我來公園問話？」正仔四處張望，眼神滿是疑惑。

「你是否希望我們把你帶去警署問話？我可以成全你的！」張進嚇他。

「不不不！在公園比較好，就在這兒吧！」正仔乖乖的在長櫈上坐下。

小柔和張進坐在他左右兩旁，三人看起來就像一家大小到公園休憩。張進翻開陶一之的護照，邊看邊問：「首先，你交代一下，為何這本護照會落在你手上？」

正仔怯怯的瞟瞟他，頭幾乎垂到胸口了。「是……是郭大合着我替他暫時保管的。」

小柔和張進交換了一個眼神，冷靜地問道：「郭大合就是殺陶一之的兇手？」

正仔猛地抬起頭，來回望了他倆幾眼，惶恐地道：「我不知道，我什麼也不知道！不要問我這些！殺人事與我無關！」

他慌亂的話語驚動了前面帶着小孫女玩滑梯的一個婆婆。她轉過頭來瞪着他們，狀甚疑惑。

「沒事呀，婆婆！我們是東田劇團的人，我們只是在圍讀劇本，一會兒就去劇院排戲。我們會盡量降低聲量，希望你不要介意！」小柔笑着解釋道。

婆婆把他們由頭至尾打量一下，沒有說些什麼，便抱起小孫女，轉到韆鞦架玩耍。

「殺人事與你無關？那麼，你坦白交代一下，陶一之的護照如何輾轉落到你手中吧！」張進道。

「是大合哥叫我替他開一個行李箱，找一本護照，然後交給他的。」正仔為難地道。「他知道……我懂得開不同的行李箱……」

「你——以前犯過事的？」張進又問。

「那是幾年前的事，我已服刑，亦已改過！」正仔急急自辯：「我不看報紙，也不看電視新聞報道，根本不知道大合哥的事。是上班時聽同事說，才知道的。初時以為大合哥死了，大家還打算夾點錢給他家人，慰問一下，怎知，錢還未夾好，昨晚我竟然收到大合哥的電話！

「我給嚇傻了，以為自己撞鬼，馬上掛線。但，他一而再，再而三致電我，又傳短訊給我，說其實他仍在生。後來，我開了電視，看了有關的新聞，確定郭大合家中的屍體不是他，才敢致電他。

「我一開始便問他究竟發生什麼事，為何會『死了又返生』，他不大肯多談，只說有事要我幫忙，會有厚酬，但絕對要保密，不能向任何人透露半句，倘若我向人洩漏他的行蹤，我會惹上麻煩。正常人都會想賺錢，但不希望有麻煩。我問明他要求我做的事，原來只是想我開一個行李箱而已，便有六千元酬勞，我便答應了他。」

「你有跟郭大合見面嗎？」小柔問。

「沒有！一直都沒有！」正仔神經質似的直搖頭。

「那麼，他如何給你行李箱和酬勞？」張進懷疑。

「他把一半酬勞三千元現金和一條旅館的房門匙放進我家樓下的信箱，並有旅

館的地址和房號，着我昨晚獨自去旅館房間開行李箱。我收了錢，當然要辦事，我也想在完事後取回另一半酬勞，便跟指示去了那間在旺角的小旅館。」

「郭大合在旅館房間嗎？」張進問。

「不！房間內沒有人，就只有一個行李箱擱在地上，我跟他的指示，打開了行李箱。大合哥要我在裏面找一本護照，持有人是陶一之的，我找到了，袋好，便關門離開。」

「郭大合約你在什麼地方取護照？」小柔小心地問。

正仔猶疑了片刻，才道：「他說今天會傳訊息給我，跟我約定交收地點，我仍在等待。」

* * *

正仔走進青原街體育館，跟着訊息指示，在男洗手間近窗的鏡箱下一個小孔取得一條鎖匙，然後根據下一則訊息，走到體育館更衣室的貯物櫃，用鎖匙開了五三八號櫃門。

就如訊息顯示，櫃裏有一個公文袋。正仔把袋打開，數一數裏面的錢。三千元，正確無誤。他把褲袋裏的一本護照放進櫃裏，關上門，然後離開。

約莫十分鐘後，一個穿着黑色褲、墨黑色風褸，戴着帽子的人，走到五三八號貯物櫃前，取出鎖匙，靜靜把匙插進五三八號櫃的匙孔，開了櫃門，把護照取出。

「不要動！放下護照，慢慢轉身向我。」張進走到黑衣人背後，沉着聲跟對方道。

黑衣人渾身震了一震，然後奮

力向後一推。張進一天內已第二次被推了，幸而今次他早有心理準備，站穩住腳，沒有跌倒，還伸手拉着黑衣人的臂膀。

「郭大合，你無路可逃了，自首吧！」張進跟黑衣人道。

黑衣人奮力掙扎，擺脱了他，向前走了不到十步，便被從後趕上的小柔捉住了。

「你沒可能逃脱的了！面對現實吧，郭伯——」

小柔把黑衣人扳過來時，整個人呆住了。

面前的並不是他們預料的郭大合，而是——郭梅！

十五 自編自導的一場戲

「你們放過我吧！你們只是想求財，是嗎？我答應你們，只要你們放過我，我不會待薄你們。你們想要多少，開一個價吧！五萬？八萬……」郭梅被他們帶到體育館一個僻靜的休憩處，仍未開始查問，她便苦苦哀求。

「我們想要的不是錢，而是真相。所以，你休想賄賂我們！」張進義正辭嚴地道。

「你們又不是警方，要真相來做什麼？你們根本不會得到什麼益處。」郭梅反問他們：「為何不要錢？」

「並非人人都像你一樣，眼中就只有錢。」小柔搖頭輕歎道。

「閒話少說了，你還是快點交代一切吧！」張進催促她。

郭梅見哀求無望了，頹然地道：「我可以先坐下嗎？」

「當然可以！」小柔道。

郭梅趺坐在冰冷的石櫈上，茫然地看着前方，開始道：「大約四、五個月前，我跟公司老闆到馬來西亞開工作會議時，遇上了陶一之。

「當時，我以為他是郭大合，因為兩人相貌、身高、年紀完全吻合，在交談後才知道他不是。我告訴他，我在香港的前夫，長得和他一模一樣，我才會誤認。

「陶一之聽了，很激動地握緊我的手，說了一番話。」

「他跟你說了什麼話？」張進緊張地追問。

郭梅突然沉默了。

她兩手掩臉，良久才把手擱在大腿上，雙眼通紅地複述陶一之的話：

「郭小姐，今天認識到你，一定是上天美妙的安排了！兩年前，我養母在臨終前，才把一封信交給我，讀了後，我才知道自己的身世。原來我和她沒有血緣關係，她和我養父在我一個月大時，從香港一個舊鄰居的家中把我『領養』了。其實是舊鄰居誕了孖胎，但因經濟問題，無力撫養一歲的大兒子和一對孖仔。我養父母便提出，把其中一個嬰兒交給他們撫養。據知，我親生父母當年考慮了差不多一個月才答應他們。後來我養父母移民到馬來西亞，我就在這兒長大。

「當我知道自己的身世後，我很希望尋回在香港的親生父母和兄弟。只可惜，養母留給我的信，只稱他倆為財叔財嬸，沒有全名，居住地區也沒有。要尋親，如同大海撈針。

「不過，你來自香港，又說你的前夫跟我樣子很相似，更是同齡，那麼，他很有可能是我的孖生兄弟。在我來說，任何一個可以尋回我親人的機會，我都不會放棄。我已五十幾歲，仍是單身，在馬來西亞已沒有任何親人。雖然養父母給我留下一間豪華大屋和幾幢物業，但這一切對我來說，沒有比尋回與我血脈相連的親人更重要。

「我的人生已走了大半，如果可以在餘生與親人團聚，我死而無憾！」郭梅擦擦眼，又揉揉太陽穴，緩緩續道：「我就是聽了他這番話，才做做好心，替他找找久未聯絡的郭大合。」

「那麼，一心要尋親的陶一之，為何會死在郭家？」張進有點不耐煩了，問道。

「我致電郭大合，他幾次都是二話不說便掛線，甚至索性關掉電話。本來我想就此作罷，但陶一之說願意給我機票和負責所有食宿使費，甚至給我酬勞，讓我陪他來香港一趟。碰巧我那時剛剛給公司裁掉，又未找到新工作，便想到不如答應他，跟他回港，反正他會負擔我的一切費用。

「我怕郭大合不肯接我的電話，便打算直接到他家找他，碰巧就在樓下見他剛準備回家。

「如我所料，他板着臉，連跟我說話也不大願意。我攔在他面前，把我手機裏陶一之的相片遞給他看。他當下呆住了，半晌，才問我相中人是誰。我直接告訴他，那是他失散多年的孖生兄弟，長居馬來西亞，現在跟我回港，目的就是與他相認。」

「郭大合就馬上願意見他？」小柔問。

「不，事情並非如你想像般容易。他本來不想見，因為覺得這些年兩人都相隔兩地，有不同的生活，沒有必要見面。最後，我只好說：

『陶一之是個很有錢的人，認識一個有錢人，他或許更是你孖生兄弟，肯定對你有益處。』

「一說到錢，郭大合便有不同的反應。幾乎是不用多加考慮，他便答應跟陶一之見面。

「當晚，我把他帶到我們下榻的酒店，在酒店的西餐廳見面。

「兩兄弟相隔半個世紀的重逢，陶一之激動得擁着他哭起來，說第一眼見他，便可以肯定那就是他的孖生兄弟，而郭大合卻沒有什麼特別表示，相比之下冷淡得多了。

「晚飯時，陶一之提到養母臨終前給他的那封信。原來，他們是一對孖生兄弟，兄長健康正常，弟弟卻一出生便驗出有心漏症。陶氏夫婦本想要健康的哥哥，然而，財叔財嬸的一歲大兒子已是有哮喘病，若果還要照顧多一個有心漏症的兒子，財叔財嬸擔心應付不來，故懇求陶氏夫婦選擇細孖，反正他們經濟環境較好，一定可以請到好醫生治好他的病。陶氏夫婦因為求子心切，最後只好應要求把細孖帶走。

「那餐晚飯，本來氣氛甚好的。但郭大合聽完陶一之這番話，就突然站起來，說不舒服，先行告退。陶一之還說先吃完晚飯，再陪伴他去看醫生，郭大合卻堅持要走。

「晚飯後，我致電他，問明他原因，他說他感到非常憤怒，憤怒得想撕碎整個世界。」

「是因為——他終於知道——兩兄弟有截然不同的命運？」小柔幽幽地問。

「那晚，他在電話中說了一番火藥味很重的話。他說：

『我爸媽一定是瘋了！明明我誕下來是健康的，明明陶家想要的是我，為何爸媽竟然把有病的細孖交給人家？原來我本有機會給有錢人家撫養，受良好教育，有高尚的工作，但這機會居然給又窮又無知的爸媽剝奪了。原本健康的我，不是值得有更好的生活嗎？有病的那個，居然得到該是屬於我的一切，這是什麼道理？為什麼一起來到世上，他就享盡福，我就受盡苦？我阿爸根本是一個廢人，做死一世低賤工作，還喝酒賭錢！我阿哥六歲病死後，我媽開始癡癡呆呆……要入青山。為何我要受這些苦？為什麼這樣不公平……』

「陶一之有向我探問他的情況，我便如實告訴他。他說理解哥哥的心情，想單獨跟他談一談，看看該如何幫助他消除怒氣。既然他提出要求，我便把郭大合的地址交給他。

「陶一之就在翌日下午獨自往找郭大合，一去不返了。」張進替她道出了事件的結果。

「當天在郭家發生了什麼事？郭大合是蓄意殺了陶一之？抑或是誤殺？」小柔當然要追問。

「當天發生的事，我沒有親眼目睹，只能複述郭大合所說的，但他也是在慌亂中向我道出，真確性有多高，我不知道。我記得，當天我們在電話的對話是這樣的：

『阿梅，我……剛才我錯手殺了陶一之！』

『你瘋了嗎？你知不知道自己在說什麼？』

『我說真的！陶一之……沒有了呼吸，他的頭流很多血……我不是蓄意的！是一時不小心，真的是沒有意圖！』

『那麼，報警吧！馬上報警！要送陶一之去醫院——』

『報警?!當然不能報警！我才不要坐牢！我這一生都已夠倒霉夠失敗了，辛苦這麼多年，最後還要做監躉？我不能坐牢！』

『不報警？那麼你想怎樣？陶一之……他真的是死了？』

『他雙眼瞪大，沒有呼吸，已經……一段時間，心跳也停止，我肯定他是死去了……剛才只是一次意外，但警方會相信我的話嗎？我這人一世沒有行好運，今次也不會例外。』

『你——想如何處置——陶一之？我的意思是處置他的屍體。』

『你——你讓我好好想一想，再告訴你。他是你帶來的，你——怎也要幫我，一定要！念在我們曾經一場夫妻，你一定一定要幫我！』」

「結果，你就參與了他自編自導的一場戲！」小柔唏噓地道。

「和陶一之調換身分這主意，是全出自郭大合？你該也有給他意見，從中圖利吧！」張進交疊雙臂，嘴角向上一翹，道：

「我們在貯物櫃把你捉個正着，你馬上想用錢收買我們，證明你根本其心不正！」

郭梅聽了，面容抽搐起來，聲音震顫地道：「不！你們不要誤會我！任何人……我敢說任何人在危急時候，都會希望可以用錢擺平一切！我就是錯在把陶一之帶來了香港，與郭大合會面！我完全預料不到，會有這樣的後果！

「你們相信我吧！當天決定和陶一之調換身分的，的而且確是郭大合自己，他替陶一之換上自己的衣服鞋襪，還細心的修剪了他的頭髮，令他看起來更似自己。然後，這……是他後來說的，他故意換上兒子的衫褲，戴上鴨舌帽和口罩，取了兒子的一個背囊，執拾少許行裝，便離開了大廈。」

「他去與你會合，指導你如何演好『發現前夫屍體』這一幕戲。找業主持鎖匙

到現場開門，至少有一個證人，這場戲的編劇很厲害，你這主角也演得七情上面，連我爸爸也給你騙倒，找來開鎖匠幫忙開大門，之後更成功欺騙了眾多警察，還令醫生誤以為你發現屍體後精神崩潰，要留院觀察。你的精湛演技該獲奧斯卡影后提名！」小柔斜起眼望她，冷冷地道。

「其實，我是被逼這樣做的。我還有其他選擇嗎？」郭梅哭喪着臉反問道。

「唉——當初，報警是唯一可做的事，你們沒有做，還一錯再錯，把事情越搞越糟。郭大合竟想扮演弟弟陶一之，到馬來西亞接管他的產業，他擁有的一切？這怎可能呢？遲早會被識穿！唉！」張進歎息過後依然是歎息。

「郭大合和你找不着陶一之的護照，便想到找人打開行李箱去找了，是嗎？」小柔接着問道。

「是。我們找遍他的酒店房，也找不到，便想到他一定是把它放了在其中一個上了鎖的行李箱。郭大合知道他的同事正仔以前曾爆竊，又懂開鎖，行李箱的鎖也難不到他，便決定花點錢，找他幫忙。郭大合把陶一之的行李箱搬到一所小旅館，着正仔去旅館房間開行李箱，據我所知，他成功開啟了。今早郭大合致電我，叫我盡量衣着低調到這體育館的貯物櫃放下三千元現金，待正仔到來，把護照放進櫃裏，我去把它取走，帶去交給他，任務便完成。」

「而你，當然因此可以獲得可觀的酬勞了。」張進鼻孔哼出一團氣，道。

「我沒有收取他一分一毫！絕對沒有！我只想甩身，幫了他這最後一次，便儘快逃離此地。」郭梅斬釘截鐵地道。

「我想知道，郭深哥哥——他——」小柔有些猶疑，但還是把心底的問題吐出。「他有否參與此事？」

「沒有！他對此毫不知情。」郭梅即刻回道。「郭深未成年，始終是個孩子，我絕對不會要求他參與。我們兩人如何錯，都是我們的事，不會牽連他。郭大合早知道他當晚會回家，以為他或會發現屍體。若他發現了報警，我就不用出動。可是，原來他醉得連家有屍體都不知道，於是乎，我便要上場了。」

「郭深現在不知所蹤，你和郭大合是否把他藏起來了？」提到郭深，張進馬上質問她。

「他不知所蹤?!我沒有藏起他，當然不會這樣做，也不可能這樣做！我出院後

沒有聯絡他，亦無從聯絡他。深仔失蹤了多久呀？」郭梅驚問。

「其實不足二十四小時。」小柔回道。「他昨天下午二時半左右跟我爸爸說會從大學回來，可是卻失去蹤影。我們已向警方報告此事，因為，郭深哥哥這段期間是在我們家暫住的。」

「怎會這樣的？」郭梅不禁仰起頭，向灰濛濛的天空低聲問。「我們大人闖的禍，我們會承擔，不該禍及他！」

「你說你無從聯絡他，不過，郭大合卻可以聯絡他！我相信，郭深哥哥的失蹤，會跟郭大合有關！」小柔下了這個定論。

十六 意料之外的訪客

「先生，退房了？」旅館職員問。

「是。」郭大合把行李箱放下，匆匆把房卡放在櫃枱，便想離去。

「先生，請你等一等！」職員靠前，拉着他的臂膀。

「你想怎樣？」郭大合喝問。

「他只是想和警方合作，讓我把你帶走。」刑Sir在他身後出現，要把他拘捕。

「郭大合，你涉嫌與陶一之的命案有關，現要把你帶返警署，協助調查！」

郭大合大驚失色，呼喊掙扎道：「我沒有殺人，我沒有殺陶一之……沒有殺人！」

「現在非必要你說，但你所說的每一句話，將會成為呈堂證供。」刑Sir用力制服了他，道。

* * *

「喂？是的……啊，是嗎？那就好了！我們安心了。謝謝通知！再見！」

張進剛掛線，在他身旁的小柔便扯着他追問：「是刑Sir嗎？找到了郭深哥哥沒有？」

「找到了。不出你所料，郭深當天在大學準備回來時，郭大合前往找他，並把自己的精心策劃告知兒子，並打算待自己在馬來西亞安頓後，帶兒子到彼邦定居。正氣凜然的郭深當然不接受這安排，還勸郭大合自首去。郭大合不依，詭稱帶他回旅館再商量事件解決方法，卻在旅館把下了安眠藥的飲品讓郭深喝下，令他昏睡。幸好安眠藥分量不算太多，郭深被救回後已蘇醒了，現正在醫院，待他恢復精神後，我們便可以去探望他。」

「那我就放下心頭大石了！」小柔長長吁了一口氣。

「小柔，有一句話，我不得不跟你說。」張進伸手緊握女兒雙肩，以最嚴肅的神情跟他道：「你真的有當偵探的潛質！」

「爸爸，這是你的真心話？」小柔佻皮的側起頭，瞇眼問道。

「是最最最真心的話。雖然我曾在偵探社工作過接近一年，但，我的偵探頭腦遠遠不及你！你就仿如漫畫系列裏的少女偵探藍天！」張進收斂起那股嚴肅，以慈父式的笑容取而代之。

「你說起藍天，我就想起竹山勁太。」小柔道：「這兩天沒有留意有關他的報道，不知道他的情況如何，有否在昏迷中蘇醒。」

「沒有關於他的報道，就即是，他仍在昏迷中。若果他蘇醒，又或者逝世，一定有鋪天蓋地的報道。」張進分析道。

就在這時，門鈴響起了。

門一開，面前的訪客把小柔嚇了一跳。

「莫老師？今天是星期日，你——怎會選這天來家訪？」

張進趕忙迎上來，問道：「莫老師，小柔在學校沒有生事吧？怎麼要勞煩你親自上來呢？」

「張先生，請你放心！小柔乖巧伶俐，在校表現良好。我今次到來，是另有目

的。」莫老師微微一笑，回道。

「莫老師，請先進來，我們再談！」張進揚一揚手，準備把莫老師迎進客廳。

「不用了，謝謝！我來的目的，只是受人所托，交一樣東西給小柔。」莫老師邊說邊從皮包掏出一個白信封，遞給小柔。

「是誰給我的？」小柔接過信封，好奇問道。

「剛才我到醫院探望親戚，那所醫院就是竹山勁太住的那一所。我竟然在走廊碰見竹山太太！」

小柔的心莫明的怦怦狂跳起來。

「因在網台訪問見過她，我一眼便認出她了。我鼓起勇氣向她自我介紹，說她當天在訪問時說想找的那個女孩，正正是我的學生。竹山太太請我稍等，她隨即入病房，出來時手上多了一個白信封，她請我儘快把這白信封交給你。於是，我馬上查出你的地址，趕來辦了這件事。我不妨礙你們了，再見！」

莫老師離去後，小柔握着白信封，動也不動的僵站着。

「快打開它，看看裏面是什麼吧！」張進催促。

看看裏面是什麼吧！
是什麼？
這張相片……

小柔深呼吸了兩下，以抖顫的雙手打開了白信封，掏出裏面的東西。

「是什麼？」張進湊近一看。

小柔一看，不能言語了。

信封裏只有一張發黃的舊相片。相片背景是海邊，相中人只有兩個——是小柔和一個年輕男子的合照。

小柔當然認得那個女孩就是自己，而那個年輕男子——是誰呢？

張進見女兒呆住了，遂取過相片，反轉後面，細讀以黑色原子筆寫下的幾個字：

「竹山勁太和藍天，攝於一九七四年」

後記

君比

我給女主角打？

我寫過無數溫情、勵志的故事，也寫過超現實、靈異系列，但說到寫偵探小說，還是第一趟。

構思寫漫畫少女偵探，是數年前的事，連大綱都寫好了，但因為種種原因而擱下。

一晚，我發了一個奇怪的夢。在夢裏，我和一羣特別的朋友圍坐在一張大圓桌吃飯。他們是從未跟我有過飯聚的，但卻跟我非常熟稔。原因？

我請他們自我介紹。

「我是苗光宗。」

「我是熒兒。」
「我是梅兒。」
「鍾銘銘。」
「卓兒。」
「吳如海。」
「青青。」
「……」
原來，這班人全都是我筆下的角色，他們逐一報上名來。在輪到坐在我身邊的女孩子介紹時，她卻默不作聲。
我凝視這相貌陌生的女孩，她跟我所有書的封面、插圖裏的人物沒有半點相像，令人猜不透她的身分。
「你究竟是誰？」我按捺不住，問她。
「我不就是你一直未肯寫的漫畫少女偵探囉！」她板着臉，冷哼一聲，頭一甩，只以一條烏黑幼長的馬尾對着我。

夢裏的我很是震驚，面對自己虛構出來的角色向我發脾氣竟不知所措。

在我正想安撫她的時候，她回過頭來，憤怒依舊，揚起手打了我的手背一記，質問道：「那你究竟什麼時候才肯寫我？」

作者在夢裏給自己的角色打？我該是第一個吧！

她一打，就把我嚇醒了。醒來後，我久久不能入睡。

這個夢，可説是我有生以來最難忘的夢。

當山邊出版社的編輯經理問我會否開新系列時，我馬上便答應了。

在創作《漫畫少女偵探》系列第一集期間，每晚臨睡前我都會想，這個晚上，女主角小柔會否突然進入我的夢鄉，笑着説：「終於寫我啦！努力寫好些，否則我不會放過你！」

我會寫小柔，還不止一次地寫，因為這是個系列，小柔將會伴隨我生活一段長日子，直至系列完結。

感謝今次為我撰寫序言的四個女孩子，她們都是我幾個小説班的學生。

若果你對這系列有任何意見，歡迎在我的面書或專頁留言。

君比・閱讀廊

漫畫少女偵探系列①

漫畫裏隱藏的秘密

作　　者：君比
繪　　圖：步葵
策　　劃：甄艷慈
責任編輯：周詩韵
美術設計：何宙樺
出　　版：山邊出版社有限公司
香港英皇道499號北角工業大廈18樓
電話：（852）2138 7998
傳真：（852）2597 4003
網址：http://www.sunya.com.hk
電郵：marketing@sunya.com.hk
發　　行：香港聯合書刊物流有限公司
香港新界大埔汀麗路36號中華商務印刷大廈3字樓
電話：（852）2150 2100　傳真：（852）2407 3062
電郵：info@suplogistics.com.hk
印　　刷：中華商務彩色印刷有限公司
香港新界大埔汀麗路36號

二〇一六年四月初版
二〇一八年六月第三次印刷

ISBN: 978-962-923-428-7

18/F, North Point Industrial Building, 499 King's Road, Hong Kong
Published and printed in Hong Kong